Das heiß eysen

Hans Sachs

Ein faßnacht-spil mit 3 person

Der pawr.

Die pewrin.

Die gefatterin.

Anno salutis 1551 jar, am 16 tag Novembris.

DIE FRAW *tritt einn und spricht.*

Mein man hab ich gehabt vier jar,

Der mir von erst viel lieber war.

Dieselb mein lieb ist gar erloschen

Und hat im hertzen mir außdroschen.

West geren, wes die schulde wer.

Dort geht mein alte gfatter her.

Die ist sehr alt und weiß gar viel.

Dieselbigen ich fragen wil,

Was meiner ungunst ursach sey,

Das ich werd der anfechtung frey.

DIE ALT GEFATTERIN *spricht.*

Was redst so heimlich wider dich?

DIE FRAW *spricht.*

Mein liebe gfatter, es kümmert mich

Mich dunckt, mein mann halt nit sein eh,

Sonder mit andern frawn umbgeh.

Des bitt ich von euch einen rath.

DIE ALT GEFATTER *spricht.*

Gfatter, das ist ein schwere that.

DIE FRAW *spricht.*

Da rath zu, wie ich das erfar!

DIE GEFATTER *spricht.*

Ich weiß nicht, mir felt ein fürwar,

Wie man vor jaren gwonheit het,

Wenn man ein mensch was zeyhen thet,

Wenn es sein unschuld wolt beweysen,

So must es tragn ein glüend eyssen

Auff bloser hand auß einem kreiß,

Dein unschulding war es nicht heiß

Und in auff blosser hand nit prent,

Darbey sein unschuld würd erkent.

Darum hab fleiß und richt auch an,

Das diß heiß eyssen trag dein man!

Schaw, das du in könst uberreden!

DIE FRAW *spricht.*

Das wil ich wol thun zwischn uns beden

Kan wain und seufftzen durch mein list,

Wenns mir schon umb das hertz nicht ist,

Das er muß als thun, was ich wil.

DIE GEFATTER SPRICHT.

So komb dem nach und schweig sonst still,

Darmit du fahest deinen lappen

Und im anstreiffst die narrenkappen!

Ytzund gebt gleich herein dein man.

Ich wil hin gehn; fah mit im an!

Die alt gefatter geht ab. Die fraw sitzt, hat den kopff in der hend.

DER MAN *kompt und spricht.*

Alte, wie sitzt du so betrübt?

DIE FRAW *spricht.*

Mein mann, wiß, das mich darzu übt

Ein anfechtung, welche ich hab,

Der mir kan niemandt helffen ab,

Mein hertzen-lieber man, wenn du!

DER MANN *spricht.*

Wenns an mir leyt, sag ich dir zu,

Helffen, es sey wormit es wöll.

DIE FRAW *spricht.*

So ich die warheit sagen söll,

So dunckt mich, lieber mann, an dir,

Du helst dich nicht gar wol an mir.

Sonder bulest mit andern frawen.

DER MANN *spricht.*

Thustn ein solches mir zu-trawen?

Hastu dergleich gmerckt oder gsehen?

DIE FRAW SPRICHT.

Nein, auff mein warheit mag ich jehen.

Du aber bist mir unfreuntlich gar,

Nicht lieblich, wie im ersten jar.

Derhalb mein lieb auch nimmet ab,

Das ich dich schier nicht mehr lieb hab.

Diß als ist deines bulens schuld.

DER MANN *spricht.*

Mein liebes weih, du hab gedult!

Die lieb im hertzen ligt verporgen!

Mhü und arbeit und teglichs sorgen

Thut vil schertz und schimpffens vertreiben.

Meinst drumb, ich hul mit andern weiben?

Des denck nur nit! ich bin zu frumb.

DIE FRAW *spricht.*

Ich halt dich vor ein bulr kurtzumb;

Bey denn sach, das du dich purgierst,

Der zicht von mir picht ledig wirst.

DER MAN *reckt 2 fingr auff, spricht.*

Ich wil ein herten eyd dir schwern.

Das ich mein eh nit thet versehrn

Mit andren schönen frawen jung.

DIE FRAW *spricht.*

Mein lieber man, das ist nicht gnung.

Eid schwern ist leichter, denn ruben grabn.

DER MANN *spricht.*

Mein liebes weib, was wiltu denn habn?

DIE FRAW *spricht.*

So trag du mir das heiß eyssen!

Darmit thu dein unschuld beweissen!

DER MANN *spricht.*

Ja, fraw, das wil ich geren thon.

Geh! heiß die gfattern umbher gon,

Das sie das eyssen leg ins fewr!

Ich wil wagen die abenthewr

Und mich purgiern, weil ich leb,

Das mir die gfatter zeugnus geb.

DIE FRAW *geht auß. Er spricht.*

Mein fraw die treibt gar seltzam mucken

Und zepfft mich an mit diesen stucken,

Das ich sol tragen das heiß eyssen,

Mein unschuld hie mit zu beweissen,

Das ich nie brochen hab mein eh.

Es thut mir heimlich auff sie weh.

Ich hab sie nie bekümmert mit,

Ob sie ir eh halt oder nit.

Nun ich wil ir ein schalckheit thon,

In ermel stecken diesen spon.

Wenn ich das eyssn sol tragn dermassen,

So wil ich den span heimlich lassen

Herfür hoschen auff mein hendt,

Das ich vom eyssen bleib unprent.

Mein frömbkeit ich beweisen thu.

Da kommen sie gleich alle zu.

DIE ALT *tregt das heiß eyssen in eyner zangen und spricht.*

Glück zu, gfatter! das eyssn ist heiß.

Macht nur da einen weyten kreiß!

Da legt ims eyssen in die mit!

Tragt irs herauß und prent euch nit,

So ist ewer unschuld bewert,

Wie denn mein gfattern hat begert.

DER MANN *spricht.*

Nimb hin! da mach ich einen kreiß.

Legt mir das glüend eyssen heiß

Daher in kreiß auff diesen stul!

Und ist es sach, und das ich bul,

Das mir das heiß eyssen als-denn

Mein rechte hand zu kolen prenn.

DER MAN *nimbt das eysen auff die hand, tregets auß dem kreiß und spricht.*

Mein weib, nun bist vergwiest fort-hin,

Das ich der zicht unschuldig bin,

Das ich mein eh hab brochen nie,

Weil mich das glüend eyssen hie

Getragen hab gantz ungebrent.

DAS WEIB *spricht.*

Ey, las mich vor schawen dein hendt!

DER MANN *spricht.*

Se hin! da schaw mein rechte hand,

Das sie ist glat und unverprant!

DIE FRAW *schawt die hand, spricht.*

Nun, du hast recht; das merck ich eben.

Man muß dir dein kü wider geben.

DER MANN *spricht.*

Du must mir unschuldigen man

Vor meiner gfattern ein widerspruch than.

DIE FRAW *spricht.*

Nun, du bist fromb, und schweig nur still!

Nichts mehr ich dir zusachen wil.

DER MANN *spricht.*

Weil du nun gnug hast an der prob,

Wil ich nun auch probieren, ob

Du dein eh biß-her habst nit prochen

Von anfang, weilt mir warst versprochen.

Mein gfatterin, thut darzu ewr stewr!

Legt das eyssn wider in das fewr.

Das es erfewr und glüend wer!

Darnach so bringt mirs wider her,

Auff das es auch mein fraw trag mir,

Darmit ir frömbkeyt ich probier!

DIE GEFATTER *spricht.*

Ey, was wolt ir ewr frawen zeyhen?

Thut sie des heissen eyssens freyen!

DER MANN *spricht.*

Ach, liebe gfatter, was ziech sie mich?

DIE FRAW *spricht.*

Mein hertz-lieber mann, wiß, das ich

Das hab auß lauter einfalt than!

DER MANN *spricht.*

Gfatter, legt bald das eyssen an!

Darfür hilfft weder fleh noch bit.

Die gefatterin geht hin mit dem eyssen.

DIE FRAW *spricht.*

Mein lieber mann, weistu dann nit?

Ich hab dich lieb im hertzen grundt.

DER MANN *spricht.*

Dein that laut anders, denn dein mundt,

Da ich das heiß eyssen müst tragen.

DIE FRAW *spricht.*

Ach mein mann, thu nicht weyter fragen.

Sonder mir glauben und vertrawen

Ab einer auß den frömbsten frawen!

Laß mich das heiß eyssen nicht tragen!

DAR MANN *spricht.*

Was darffst dich lang weren und klagen?

Bist unschuldig, so ists schon fried.

So prent dich das heiß eyssen nit

Und hast probiert dein weiblich ehr.

Derhalb schweig nur und bitt nicht mehr!

DIE GFATTER *bringt das glüent eysen, legts auff den stul im kreiß, spricht.*

Gfatterin, da liegt das glüend eyssen,

Ewer unschuld damit zu beweisen

DER MANN *spricht.*

Nun, geh zum eyssen! greiff es an!

DIE FRAW *spricht.*

Ich bitt dich, mein hertzlieber man,

Mein schuld will ich dir hie verjehen,

Das ich mich verd hab ubersehen

Heimlich mit unserem caplan.

Dasselbig wölstu mir nach lan,

Das michs eyssn nit drumb prennen thu.

DER MANN *spricht.*

Ja, ja, da schlag der teuffel zu!

Hastu selber brochen dein eh?

Nimb flucks das eyssen hin und geh!

Wil dir gleich den pfaffen noch geben.

DIE FRAW *spricht.*

Mein lieber mann, ich bit darneben,

Wölst mein in aller trew gedencken,

Zum pfaffn mir noch zwen männer schencken,

Mit dem ich mein eh brechen hab.

DER MANN *spricht.*

Nötten nam dein lieb gen mir ab,

Weil du ir drey hast lieber, dann mich?

Ey schem des in dein hertze dich,

Der du wolst sein so keusch und frumb

Und triebst mich mit dem eyssen umb!

Doch wil ich dirs all drey nach lon.

Nimb flucks das eyssn und komb darvon!

DIE FRAW *hebt die hend auff, spricht.*

Mein mann, ich hab ye noch ein bitt:

Ich hab ein schatz, den weistu nicht.

Vier gulden zwölffer, die ich doch hart

Hab selb an meinem maul erspart,

Den schatz wil ich auch geben dir.

Las mir noch nach der männer vir!

Als denn wil ichs heiß eyssen tragen.

DER MANN *spricht.*

Was sol ich von dem schlepsack sagen?

Pfuy, schem dich vor der gfattern dein!

Hastu denn bulschafft hinder mein

Heimlich mit so viel mannen trieben?

DIE FRAW *spricht.*

Wie thust? nun sind ir an dich ye nur siehn!

DER MANN *spricht.*

> Es soltn ir leicht ein dutzet sein.
>
> Nun ich wil auch nichts reden drein
>
> Umb diese sieben und on mich,
>
> Solt mit den eyssn purgieren dich
>
> Auff erden sonst vor alle man.

DIE FRAW *spricht.*

> Ja lieber man, das wil ich than.
>
> Jedoch in dieser männer summen
>
> Sind die jungen gselln außgenummen.
>
> Vor die das eyssen ich nicht trag.

DER MANN *spricht.*

> Schweig und kein wort darwider sag!
>
> Flucks nimb das eyssn, weil es ist heiß,
>
> Und trag es sittlich auß dem kreiß,
>
> Das ich darbey mög nemen ab,
>
> Was vor ein frommes weib ich hab!

DIE FRAW *spricht.*

> O gfatter, tragt das eysen vor mich!

DIE GEFATTER *spricht.*

O es taug nit; darzu würd ich

Am eysen mein hend prennen zwar,

Das mir würd abgehn haut und har.

Ich war vor jaren auch nicht rein.

DER MANN *spricht.*

Flucks nimb das eyssn und trags allein,

Du zunichtiger pubensack!

Oder ich leg dir auff dein nack

Mein faust, das dir das liecht erlischt.

DIE FRAW *spricht.*

Das eyssen ist heiß, das es zischt.

Nun weil es mag nicht anderst sein,

So ergieb ich mich dultig drein.

Die fraw hebt das eissen auff, wil gehn und thut ein lauten schrey, lest das eyssen fallen, spricht.

Auwe, auwe der meinen hend!

Wie übel hat michs eyssen prent

Von meiner hende har und hawt!

DER MANN *spricht.*

Schaw, du unflat! hast mir nicht trawt,

Und so mans bey dem liecht besicht,

Bist selbs an hawt und har entwicht.

Ich dörfft dir wol dein hawt vol schlagen

DIE FRAW *spricht.*

So wolt ichs meinen brüdern klagen.

DIE GEFATTER *spricht.*

O gfatter, trollt euch und schweigt still!

Ir habt hie ein verloren spiel.

Ir habt ein handel, ist mistfaul.

Darumb nembt nur süßholtz ins maul!

Ziecht auff gut saiten widerumb,

Auff das nicht heint sant Kolbman kumb

Und euch umb ewer unzucht straff!

DER MAN *spricht.*

Mein fraw meint, ich wer gar ein schaff,

Stellt sich so fromb und keusch (versteht!),

Sams nie kein wasser trübet het,

Wolt mich nur treibn in ein bockshorn,

Biß ich doch auch bin innen worn

Irer frömbkeyt, drein sie sich bracht

Mit iren eyffern tag und nacht,

Des sie mit ehrn wol het geschwiegen.

DIE GEFATTER *spricht.*

Mein gfatter, lasts best bey euch liegen!

Wölt meiner gfattern vergeben das!

Wer ist der, der sich nie vergaß?

Kompt! wir wöllen dran giessn ein wein!

DER MANN *spricht.*

Nun, es sol ir verziehen sein!

Mein fraw bricht häfn, so brich ich krüg.

Und wo ich anderst redt, ich lüg.

Doch, gfatter, wenn ir bürg wolt werden,

Dieweil mein weib lebt auff erden,

Das sie solches gar nimmer thu.

DIE GEFATTER *spricht.*

Ey ja, glück zu, gfatter! glück zu!

Ich wil euch gleich das glait heimgeben.

Und wöllen heint in freuden leben

Und auff ein newes hochzeyt halten

Und gar urlaub geben der alten.

Das kein unrat weyter drauß wachs

Durch das heiß eyssen, wünscht Hans Sachs.